文 · 圖　山西源一

出身於日本長崎縣。

創作繪本《千惠子之show》（日本小學館）、《髮夾妹妹》（日本佼成出版社）、《布魯歐在狗屋下》（日本岩崎書店）、《小小豬的背包》（日本BILLIKEN出版）等，插畫作品《愛嘟嘴的嘟嘟香》（日本白楊社）、《雀斑姑娘耶西》（日本德間書店），並進行多件吉本芭娜娜作品的裝禎設計。

譯　盧本文

生於臺北長於臺北，經常旅行。曾在日本大阪求學、工作九年。為臺灣兒童閱讀學會創會理事長。養了兩個小孩，期待有十二個孫子。喜歡孩子，更喜歡陪他們說故事、聊天。

目前陪著孩子讀書、聊書、品書、推薦書；以閱讀活動促進兒童發展高層次思考。

小魯繪本世界 19　毛毛的爆炸頭　　文 · 圖 山西源一　譯 盧本文

發行人／陳衛平　執行長／沙永玲　出版者／小魯文化事業股份有限公司　地址／106臺北市安居街六號十二樓
電話／(02)27320708　傳真／(02)27327455　E-mail／service@tienwei.com.tw　網址／www.tienwei.com.tw
facebook粉絲頁／小魯粉絲俱樂部　總編輯／陳雨嵐　文字責編／蔡融妮　美術責編／邱靖婷
郵政劃撥／18696791帳號　出版登記證／局版北市業字第543號　初版／西元2012年11月　初版四刷／西元2017年2月
定價／新臺幣280元　ISBN：978-986-211-331-8

毛毛的爆炸頭

文・圖 山西源一　譯 盧本文

這是毛毛還是小寶寶的樣子。

但是，毛毛討厭洗澡，

更討厭剪頭髮。

結果，一轉眼……

頭就變成這個樣子了。

有一天，發生了一件事。

爸爸追著毛毛大喊：

「嘿，毛毛，你今天一定要讓我幫你剪頭髮！」

「才不要！我就是喜歡這種髮型嘛。」

「你知道嗎，留這種髮型，
會有很多好事發生喔。
小鳥會以為是樹所以停在上面；
耶誕節時也可裝飾成耶誕樹。
想吃的零食只要往上一丟，
肚子餓了就可以拿來吃。
鮮花也可以連花瓶一起插上去，
就永遠都不會凋謝喔！」

「不行、不行、不行！
這樣不是也會造成很多麻煩嗎？
沒辦法自己倒立、
早上無法自己起床、
也沒有賣這麼大頂的帽子，
而且，爸爸和媽媽都看不到電視了！」

就在這個時候，

毛毛被石頭絆了一下，

翻個跟頭，跌倒了。

「哇啊！我四腳朝天了，爸爸救救我！」

咻砰！

「咦，這是什麼地方啊？」

「歡迎來到頭髮樂園！」

一隻頭上綁著蝴蝶結的老鼠說：

「我是小蜜糖，和同伴們住在這裡。

毛毛，謝謝你常常丟零食和玩具給我們。」

波吉
POTATO
CHIPS

「毛毛，我們一起來玩吧！」

毛毛跟老鼠們一起玩各式各樣的遊戲。

「太好玩了！
我決定要跟你們一起住在這裡！
我是頭髮樂園的國王！」
老鼠們也快樂的吱吱叫。

爸爸媽媽在外面非常擔心。
「喂——毛毛，我們不生氣了。
你快出來吧！」
「晚餐是咖哩飯喔！」
但是，他們兩人的聲音，
完全傳不進毛毛的耳朵裡。

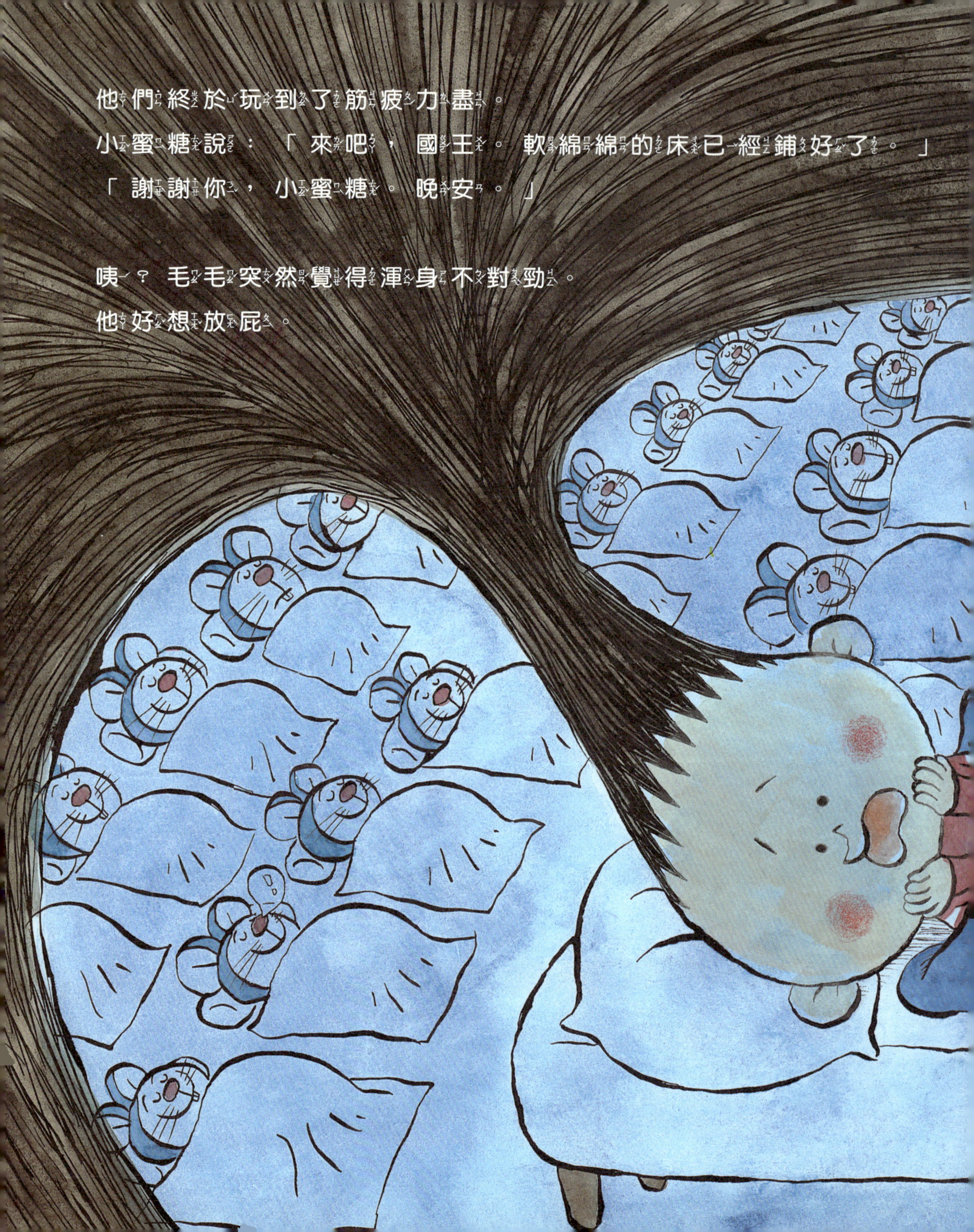

他們終於玩到了筋疲力盡。

小蜜糖說：「來吧，國王。軟綿綿的床已經鋪好了。」

「謝謝你，小蜜糖。晚安。」

咦？毛毛突然覺得渾身不對勁。

他好想放屁。

「怎麼辦……不曉得是臭的屁，還是不臭的屁……
在棉被裡放屁應該不會被發現吧。要放囉！」

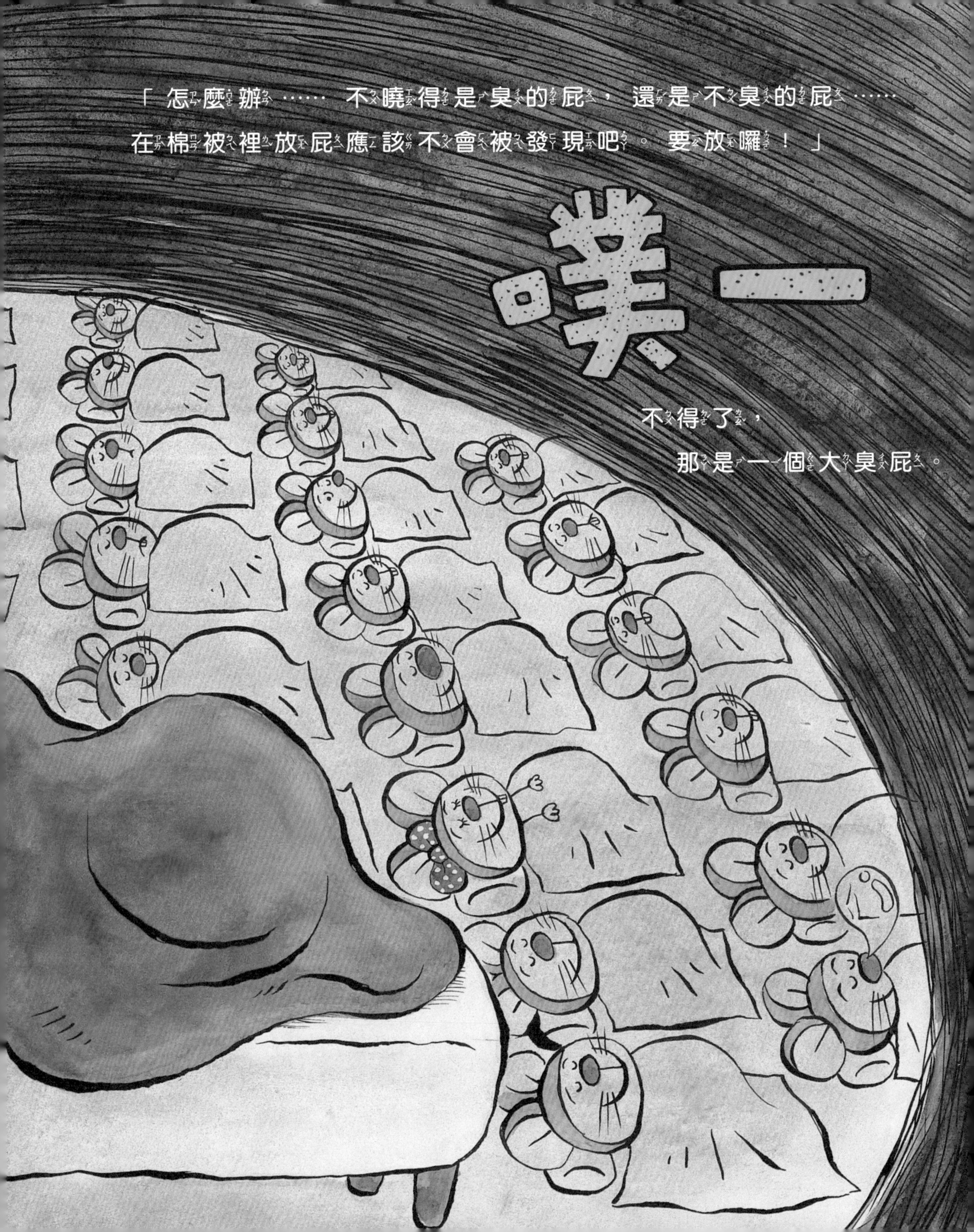

不得了，
那是一個大臭屁。

「哎呀！好臭、好臭！」

「太臭了！」

「不能呼吸了，快死翹翹啦！」

「救命！」

老鼠們一陣大騷動。

「這麼臭的國王快滾出去！
就這樣決定。一、二、三！」
老鼠們聽了小蜜糖的口令，
開始同心協力咬起毛毛的頭髮。
喀嚓、喀嚓、喀嚓、喀嚓、喀嚓、
喀嚓、喀嚓、喀嚓……

啵！

太棒了！成功啦！

「毛毛，你回來了。」爸爸說。

「你看，短髮也很適合你呀！毛毛。」媽媽說。

「真的嗎？哇！我可以自己倒立囉！」

爸爸將毛毛的爆炸頭往枯樹上一插。

「哇，好美喔！視野真棒，

從今天起我們就住在這裡吧！」

小蜜糖開心的說。

欣賞不一樣

臺灣兒童閱讀學會創會理事長　盧本文

懷孕時，周遭親友往往會問：預產期什麼時候呢？他們期待看到新生兒。準父母也迫不及待想要看到健康寶寶的出世。然而出生後，接踵而來的教養問題，常讓父母感到困頓煩惱、筋疲力竭。這時候，真想把寶寶塞回子宮裡，先去修一門父母學再來迎接他。孩子經常在試探父母親的極限，而父母也在互動陪伴中，學會等待就是嘗試「接納」孩子。

「接納」、「信任」、「欣賞」孩子的特點和自主性，激發孩子本身的才能，而非試圖將他們改造成我們心目中的模樣，對多數人來說，是說易行難。每個孩子都是獨特的，以驚喜的心情欣賞孩子成長過程中表現出來的「小小成就」，充分信任且無條件的愛他們，將會譜出平和溫馨的親子關係。

教養本身就是一種修行。我家的兩個孩子差異很大，老大寡言、溫馴謹慎、毅力強；老二則善於表達、豪邁、富正義感。假日爬山時，小的沿途說天道地，大的則撿路邊小草和小花，一路編織出數十種人物、動物或機器人。小學二年級，有陣子他堅持將頭髮束在正中央，還橫插一根小樹枝，老師擔心、同學們認為奇怪又神氣，後來我才知道他在扮演古代飽學詩書的書生。他求學之路並非頂尖，但堅持自己的興趣，在工業設計的領域專研並樂在其中。我能做的就是不斷學習與一路陪伴。

書中媽媽的頭髮俐落的盤在頭頂、爸爸的頭髮也整齊乾淨，而他們的兒子卻很不一樣——討厭洗澡、更討厭剪頭髮。山西源一以類似卡通的誇張手法，描繪毛毛的爆炸頭，封面那個「爆炸頭」竟然就占據了四分之三的版面。我真擔心他被頭髮壓得長不高，但毛毛卻因好處多多而引以為豪。繪者以流暢的線條，天馬行空的想像，畫出頭髮耶誕樹、頭髮儲藏室……可是卻造成生活起居的不便，爸爸快抓狂，拿把剪刀追著他剪頭髮。這時，作者想像力發揮到極致，「咻砰！」毛毛倒頭栽進自己的頭髮堆裡，驚喜的發現，一群老鼠居然住在毛毛的頭髮樂園裡。

毛毛在頭髮樂園盡情玩樂的同時，繪者也盡情的展現他的創意，用大量的小插圖說明細節，層次分明的運用距離和空間，最後以健康的大臭屁收尾。結局到底會如何呢？成人如何用愛與智慧來欣賞孩子的不一樣？請翻開《毛毛的爆炸頭》瞧一瞧！